あそこ

望月裕二郎

新鋭短歌

あそこ　＊　目次

一

ひがしからひがしにながれる風に沿い右目をあずけたのは鳥だった

いちどわたしにあつまってくれ最近のわかものものもふりそびれた雨も

餅をつく手つきのままに月をでるそのはやさに晩年ささえられ

さかみちを全速力でかけおりてうちについたら幕府をひらく

もう人と話さなくてもいい馬の延長としてかたむける耳

あぶらでもさすか空しかみえないしけれどわたしは空ではないし

ここからは逆さにみえる秋の夜をくろくねむっているきみの草

猿いっぽ手まえでまがるにおいにもおいぬかされていたのであって

もう夢は耳でみるからはずかしいかたちの水をかけないでいて

まちがいのないようにないようにないように馬なでているその手のひらにあぶら

きみの目にうつるまっ赤な秋風に襟足をちょっときってもらった

手に塩をのせてこぼさずわたりきるにはあまりにもとおいわたくし

鳩にだけせなかをみせて浮く靴にはこんでもらう用があるのだ

みずからのよごれにたずさわる綿の組織をてつだうことはあるかな

くりかえしおりかえす手のなぐさみをつよくほうっていてくれた庭

おおきすぎてわたしの部屋に入らない栗がでてくるゆめにひとしい

請われわたしは空腹の栗をむくまでだそこにすわっている虫の秋

いまだけのみじかい水をすきかってはしらせる部屋それもわたしの

わからない星座を西につくろうとひっしにこげている鷹のつめ

くやしくて涙がきれい暮れるまでつらなっていろ左のように

いっこうにかまわない土地をとられてもその土地に虫がねむっていても

嘘のちかくにわたしは水をくんでこい庭は小鳥のちからにまかせ

二

おもうからあるのだそこにわたくしはいないいないばあこれが顔だよ

現金なやつだ明かりにすかされて鼻の筋からおりまげられて

どの口がそうだといったこの口かいけない口だこうやってやる
おじさんがそうでなくなる瀬戸際のたのしい草木にうでつっこんで

だまっても口がへらない食卓にわたしの席がみあたらないが

頭をきりかえる首から血をながしわたしはだれの頭で生きる

わたしの顔はどこまでものびるみじかいのは水彩画家のかいた虹だろ

おじさんの脱皮（漢語がふえたなあ）しゃべるまえから口がすべって

もう立ってわたしにはなしかけてるがさっき生まれたのでなかったか

頭ひとつぬけだしているわたくしのなんだ頭ってここにあったか

このまえすれちがったよねってわたくしのどこをすったのかそこはやるけど
いもしない犬のあるき方のことでうるさいな死後はつつしみなさい

生きるときのことばをわすれてしまったちわわとかわるがわるに生きる

穴があれば入りたいというその口は（おことばですが）穴じゃないのか

なお耳を燃やしつづけるのはあぶないきっと蛇口をひねってやる

寝言は寝てからいうつもりだが（さようなら）土のなかってうるさいだろう

おじさんを破裂からきょうも守ったもうしゃべらない蛇口となって

五臓六腑がにえくりかえってぐつぐつのわたしで一風呂あびてかえれよ

ひたいから嘘でてますよ毛穴から（べらんめえ）ほら江戸でてますよ

わたくしが述語とむすびつくまでに耳のおおきな川が一本

つながれて（なにをしやがる）おしっこがしたいわたしに穴という穴

そろそろ庭になっていいかな（まあだだよ）わたしの台詞はもうないんだが

生まれるまえに老いはおわっていた（ここはわらうところだが）だまっててぱぱ

われわれわれは（なんにんいるんだ）頭よく生きたいのだがふくらんじゃった

そのむかし（どのむかしだよ）人ひとりに口はひとつときまってたころ

ぺろぺろをなめる以外につかったな心の底からめくれてしまえ

せつじょくってことばがあるのか（いくさだねえ）雪がみさいるでみさいるは風で

手前味噌ですが頭をでっかちにしてわたくしを消化する味噌

みのりある嘘にかこまれおじさんはうすいうすい息をきたえた

玉川上水いつまでながれているんだよ人のからだをかってにつかって

分析というかだまって無意識をみてるだけ（って虫がなくかよ）

みつめあいながらうなずきあいながらまだあぶらぜみをやっているのか

これまでに（これってどれだよ）わたくしがみてきたものの半分ていど

たいたらほっちそこにいたのかたいたらほっちわたしの濁点をとこにかくした

車もひとつのからだであって（えんやこりゃ）へたなところはさわれやしねえ

ともにあるいてゆくつもりはないそのまんまむかれた蟹の脚でいてくれ

だらしなく舌をたれてる（牛だろう）（庭だろう）なにが東京都だよ

空のふかさをはかっているが（だまってろ犬ども）ここは土地か時代か

そのほうがおもしろいのか道草はうまいか絵でいてつらくないのか

にげ足のはやいわたしは（こけなさい）足ににげられ手でやっている

ちるようにあるくわたしは犬として自分のいのちを自分できめる

よだれしか垂れないいちまた（ゆめみたあい）汗も涙も川もこおって

あらたな助詞がうまれないよう見はってる蝙蝠でいるのもつかれたな

丸裸にされてしまったわたくしの丸のあたりが立ちっぱなしだ

戸袋にはさまれながら戸になってよかったあいた口をふさげる

だまってちゃわからないだろ（うんとかすん）こわれるときぐらい音をたてろ

かってに動詞になって皮肉るのはどうか皮るはあっても肉るなどなく

さよならのむこうがわには手があっておじさんののどからでてたっけ

下の名をあめりあという下の名前なんてすけべえだなとおもいながら
（あるいてもあるいても日本人）足が棒になるその棒でいじくる

なでさするきもちがいつも電柱でござる自分をあいしてよいか

越境をはじめてしまった犬だろう（犬ふぐりだろ）すわりつくして

おじさんが株のはなしをしてるのにどうしてわたしは剝けているのか

あやまって井戸におっこちたおじさんは助動詞がたりなくてこまってる

百万歩ゆずって犬はやめにしようゆずるのに半年はかかるが

歯に衣をきせて（わたしも服ぐらいきたいものだが）外をあるかす

（さいしょは）偶（じゃんけん）人になるあそびわたしに皮ってくれねえのかよ

おまえらはさっかーしてろわたくしはさっきひろった虫をきたえる

人形になったわたしの（首の皮八枚）糊のつきがわるいな

そうやって天狗になるなよ天狗ってあの鼻のながいあかいやつだが

この世からどっこいしょってたちあがるなにもかけ声はそれでなくても

（さようなら）おじぎするにもひきだしがたくさんあってぜんぶひきだす

なにをもちあげればいいんでしたっけわたくしはいま縁の下だが
（おわけえのおまちなせえやし）またないよわたしは足とつづいてるから

それからをわたしはあるく皮る川る犬もあるけよ棒にあたるな

（さっきからすけべな音がしてるなあ）新茶を東京都がすすってら

ねがいから鼻をとおしてなあ牛よおっぱいはここであっているのか

へへののもへじ（だれだよおまえ）ひらがなで名づけられ音として生きる犬

あそこに首があったんだってはねられるまえにふけった思索のうるさい

巣のようなあそこそろそろわたくしを（ごしょうですから）生んでくれぬか

大の大人がちぢんでってら（ちゅうぐらいしてもいいだろ）おしっこしてら
ろうそくがそうでなくなるまでなめてつい虫偏になってしまうよ

どさくさが空に生えてたそのなかにまぎれてしまうこともできたが
ぬけては生える中学生じゃあるまいしわたしに助詞をおいていいです

しゃべるたびみじかくなった（くるしゅうない）わたしにみんな頭がさがる

外堀をうめてわたしは内堀となってあそこに馬をあるかす

三

十月一日

メール一通送るエネルギーで他に何ができたか考える。

十月二日

同じ通りで蛙を二匹見た。二匹とも確かに歩いていた。

十月三日

車内で読んでいた本を手に持ったまま乗り換えをしてまた読んだ。

十月四日

劇団鹿殺しの歌とダンスは冴えてててかおりも喜んでた。

十月五日

マティス本人の絵が描かれているマティスの絵をスクリーンで見た。

十月六日

三時、昼寝する。夢の中で夢の巻き戻しをしたら怒られた。

十月七日

いつもの道でヒキガエルを見る。雨でない日は何をしているのか。

十月八日

祖母の一周忌。スズメ、強風のため今朝は庭に姿を見せず。

十月九日

背表紙を指で隠して『セックスの人類学』を電車で読んだ。

十月十日

夢。友人連なって飲酒し、横の子供含め自分がアニメ。

十月十一日

買い物に付き合う。男物より女物の服に詳しくなる。

十月十二日

『アイデン&ティティ』、三たび観る。幻はディランでなく麻生だろう。

十月十三日

『週刊マンガ日本史』。邪馬台国がエジプトだったらどうしよう。

十月十四日

卒アル用の写真を撮る。カメラマンに歯を見せてといわれ見せた。

十月十五日

石川会。みんなまたバンドをやりたがり、バンド名を考える。

十月十六日

アニマックスでセーラームーン見る。セーラー戦士が五人に増えた。

十月十七日

短歌のテレビ番組に出るか悩む。相談する。出ることにする。

十月十八日

ペリー公園で昼食。海沿いで育っていたらどうだったかな。

一九八六年わたくしは百年まちがえて生まれてみた
ロックフェス連れてこられた子供らに未来禁止の耳鳴り続く

病院の窓からこっちを睨んでる十年前の僕と目が合う

缶コーヒーBOSSを踏みつけカウントする子ら公園の名前は知らず

誰ひとり喋らない午《ひる》の教室でぎゅう鳴るお腹だけが真実

冷やし中華の上のトマトのつぶつぶからトマトが生まれるトマトだった夏

毎日の手洗いうがいで見えてくる世界を信じろ FOREVER YOUNG《明日はないけど》

この世界創造したのが神ならばテーブルにそぼろ撒いたのは母

舞う雪をつかまえている手を見ればきっときれいな絵を描く人

〈きれいな眼、お母さん似〉羽虫とのキスで始まる春の静けさ

繰り返し自分の名前をつぶやけばそれは自分の名前でなくなる

満を持して吊革を握る僕たちが外から見れば電車であること

昼休み上着を脱いだらいっせいに紫陽花咲き乱れるオフィス街

「一体誰がファックスの音考えた」「自然にできた」「そんなはずない」

永遠に分かち合えないきんようの夜にあごひげぬく気持ちよさ

人の数だけ世界はあってわたくしの世界では人が毎日死んでる

ばくだんがそらからふってくることはないというあんしんどようび

目覚めれば地球は今日も窓枠に朝陽を引用して廻りだす

空を飛ぶとは良き発想なりヒヨドリは羽裏をちょっと僕らに見せて

学生役だけの学生映画にて学生役を演じる学生

夕焼けが丸井を赤く染めているさっきまで太陽だったのに

吉野家の向かいの客が食べ終わりほぼ同じ客がその席に着く

「いや今日もいい日だったな。また明日」病人だけが住むこの町で

朝目覚め枕にキスしてもう誰が好きだかわからなくなる日曜

今日は朝なので朝から洗濯機を回す回る洗濯機は朝

生活に革命を起こせばそれは生活でなく革命である

真夜中のアスファルトに寝る黒猫が黒猫である不思議つやつや

東京は猫の町なり猫議員選挙があらば投票に行かん

真剣に湯船につかる僕たちが外から見ればビルであること

朝刊に刷られる曜日はきらきらといま片足で歩く犬がいる

新宿に鼻の先だけつっこんで知ったふうだな西武新宿

池袋線に未練を残しつつ逸れゆく豊島線のかわゆし

いろんな急行電車に乗ったことがあるその僕のために生きるあめんぼ

網棚を初めて使うもう二度と戻れないとは知っていながら

立ったまま寝ることがあるそういえば鉛筆だった過去があるから

つり革に光る歴史よ全員で一度死のうか満員電車

脇に毛が生えてることを気にしなくなってわたしはお寺を巡る
触れたなら動き出しそう布袋様　平和は望むものではないと

ドーナツをそれとして齧れば齧り始めた場所で齧り終わる

靴擦れを治さずにいるなぜだろう少し寒いけどお寺を巡る

白波は削り削られガウガウと脈打つ海の心臓はどこ

ペンギンが餌を求めて飛ぶときの北の故郷の祖母の脱糞

江ノ島の階段をものともしない CHANEL 着た犬てててててねねね

パピルスの葉に触れてみてわたくしがパンク・ロックを好んだ日々よ

あかねさすわたしはやりたいことがないお金を払ってお寺を巡る

テロ活動をすることを目的に入国するつもりですか。　□はい　□いいえ

アメリカを覚えている？　と訊かれれば静かに羽をもたげ旅客機は

becauseが云えないままに青い空　さっきからアメリカに来ている

Pardon? が聞き取れなくてPardon? と聞き返す人と結婚しよう

染めすぎたオレンジの髪結いながら「たまたま地上にぼくは生まれた」

William Carlos Williams "This Is Just To Say"

朝食用冷蔵プラムを食べましたおいしく甘く冷たくゆるして

どこにいて何をしてるか僕たちは大口開けて嚙むアメリカのガム

久々のコーラはコーラガム味であなたの指が賢く見える

感想と具体例のない僕たちがコーラの蓋を閉めて眠る夜

寒い朝サイズの合わない靴はいて僕だけのものにならないでほしい
繁茂する枝毛をきれいに裂きながら愛の定義を間違えながら

誰もいないリビングでガムふくらませ甘く湿ったくちづけ　僕と

町中《まちじゅう》の人がいなくなる夢を見ておしゃれでいなくちゃいけないと思う

石鹸を齧った朝におもいだすあなたの汗の味のないこと

魚の皮を食べない人と食べる人ふたり仲よく暮らして岸田

菅沼さんに似てる人がいる　あれ、うまく菅沼さんが思い出せない

改札に股間を強打せられけりSuicaのチャージが足りなくて菅沼

もう誰も信じたくない十月の立って飲むべきコーヒー牛乳

考えてみればもともと考えることはなかった七字余った

数多ある競合他社に打ち勝った枕で今日も眠らんとする

吹田市は「すいたし」と読む「ふきたし」と読めばそこから砕ける地球

「お〜いお茶（京都宇治新茶）」の賞味期限がおよそ八ヶ月後なり

「スッパイマン」の「パ」の「゜」のところ陳列のための穴あり　道徳が邪魔

いわゆるギャルの恰好をした君が云う「後生だから」にやられてしまう

触れたら零れそうな月だな一枚一枚きれいに剝がしていい　燃えるゴミ

𦪷户鼺䴿讟𤢻龥が現れて漢字の読みだけ教えてくれる

言葉より大事なものがあると云う君は股間を隠して生きる

多くの哺乳類が四本足であり母二本足で廊下を駆ける
トランクスを降ろして便器に跨って尻から個人情報を出す

ローソンの角を曲がれば黒猫の昼寝が町をわれを食べたり

スクランブル交差点をいま渡りたる一人ひとりに捲れゆく意志

君と手をつないでいたって裏返ると思って歩く霧雨の中

胸骨を指でなぞって幸せかすぐにわからなくなる　みずうみ

冬の香にメリーゴーランド飛び降りる　このわくせいの回転は確か

山火事のように山染める夕焼けをめくって紙芝居が始まる

木造でそろそろやばい電柱にチワワがおしっこするから僕も

君は本を読まないけれどものすごく美しくレモン・ティーを注ぐよ

フルートやトランペットじゃあるまいし銀婚式はやめておこうね

どれだけ強く廻してもすぐ停止する地球儀ここが僕の箱庭

幾万の言葉が眠る辞書のよこ僕らの愛と呼ばれる行為

だんだんと冗長になるセックスの明日何時に起きるんだっけ

カブールの犬がモスクに脱糞し今夜は東京てくてくと雨

朝刊がポストへ沈むとき僕に睾丸の冷たさは優しい

そんなはずないんだけどと云う前に夢から覚める　人間になる

誰か後ろに立っているような気がしつつ顔を洗えばひらく朝顔

伝えたいことの不在を伝えたい　便器、おまえは悲しくないか
トイレの蛇口強くひねってそういえば世の中の仕組みがわからない

暴行に及んだことがない僕の右手で水はひねれば止まる
冷水をやかんに張って湯を沸かす想像力の及ぶ範囲で

忘れた朝の数だけ賢くなる僕ら人間として食パンを焼く

どんよりと朝の牛乳飲み干すに室内温度計の一定

つやつやのチーズを皿に盛り付ける無思想という思想をもって

〈カフェ・オ・レの香り付けにブランデーを〉アスファルト濡らす霧雨に火を

さっきから食卓で光る爪切りが僕に示唆することの全てよ

君からの電話で揺れる携帯のもう零れたい液晶画面

雨音の届かない部屋で膨らます僕たちアフリカのイメージを

大口開けたシーサーが廻るオルゴール僕はもっと聴いていたいけど

ちょと駅までと云うにもわたしは動物で難しさっていうのがずっとある

雨上がり草いきれのなかロック聴く僕が人間であるということ

カローラの下で黒猫は人間になる夢を見る　息をしながら

曇天の高架橋の下あやまって昨日を映してしまう水溜り

この世界で信じてもいいイヤホンの中のドラマーのタムタム連打

雲一つない空だからタンバリンがぼとぼと降ってこないでよかった

色白の妊婦と目が合う待合室　僕は昨晩セックスをした

落ち合えば君の隣に僕が立つ首から下の僕のからだが

もし空が海だったらと考えて考え終わってドア閉まります

海風で壊れるからだなら海のない町だから噛む君の肩

鈍行は夕日を重く引きずって壊れないここは誰の箱庭

鈍行が急停車して夕暮れのポストが見える灰色と思う

死にながら暮れてゆく町の正しさを僕はエレベーターにて放屁

君は手を握ってくれるもしかしたらWindowsかもしれない僕の

君は自宅の地下にピアノがあると云い僕はそれを弾きたいと思う

アマゾンの蝶が鱗粉ふり撒いて山手線のダイヤ乱れる

水しぶきを浴びるためにきたディズニーで僕はミッキー・マウスを見た

右足の次に左足を出して歩くミッキー・マウスも僕も

ミッキーのペニスが置かれる売店をどうして見つけられない僕たち

月光に晒されているマネキンのそろそろやばい内耳の痛み

閉店のショー・ウィンドーに映る僕のくちびるが君に何て云ってる

頷くとき君は知らずにまばたきをしてしまう　今すぐに触れなきゃ

地下鉄の隣の席のお喋りのふむふむそうだろう中国語

終電の窓が切り取る一瞬のおばさんの欠伸を見て僕も

高架橋を走る電車に乗ったまま朝焼けを見てしまう気がする

アスファルトを行く僕は月に繋がれて機械が悲しいことを知ってる

僕ひとり歩く夜道に僕がいない僕は僕まで辿り着けるか

冷凍のギフトを運ぶトラックが信号無視の黒猫を轢く

さしあたり永遠であれ人間の夜の舗道を伸びる白線

解説　言葉の裏をめくる

東　直子

望月裕二郎さんの短歌を読んでいると、人が初めて言語を使ったときのことを考えてしまう。言葉が生まれることによって、鳥を、川を、蟹を、身体を、そして人が人であることを認識できるようになったことを。望月さんの作品が、認識の境界線として働く言葉そのものを模索しているからである。

玉川上水いつまでながれているんだよ人のからだをかってにつかって

「玉川上水」に流れる「人のからだ」といえば、太宰治を思い出す。一九四八年の六月に、太宰は愛人の山崎富栄とともに玉川上水で入水自殺をした。しかしこの歌は、事件をモチーフにしつつ太宰本人のことを詠んだわけではないだろう。人が川を流されていくイメージの強化として下敷きにしたのだと思う。

本来であれば「かってにつかって」いるのは人の方である。苦情申し立てのような口調は強いが、この作中主体は、たいへん無力である。そのギャップがコミカルな味わいを滲ませるが、思い通りにいかない人生を社会のせいにして何もできずにいる人の絶望感が伝わる苦い歌でもある。この絶望感は、「玉川上水」と「人のからだ」が別であるという認識によって表面化したものである。

タイトルを「あそこ」にしたい、と望月さんから告げられたとき、私は非常に驚いた。ほんとうにそれでいいのか、他に候補はないのか、版元も違和感を訴えている、などと進言したのだが、単なる指示代名詞にも関わらず隠語として特定の意味を負わされたこの語をタイトルとして歌集を出したい、という望月さんの強い意志は変わることがなかった。

タイトルだけを目にした場合、誤解を生むリスクは高いと思う。しかし望月さんは、そのリスクよりも歌集を通読したあとに変化する言葉の可能性にかけた。言葉を思索し、短歌で独自の実験を行おうとしているその気概を監修者の私も引き受けようと思いながら歌稿を読み直すと、一首一首、奇妙な悲鳴を奏ではじめた。

おもうからあるのだそこにわたくしはいないいないばあこれが顔だよ
五臓六腑がにえくりかえってぐつぐつのわたしで一風呂あびてかえれよ
ともにあるいてゆくつもりはないそのまんまむかれた蟹の脚でいてくれ

一首目の上の句はデカルトの「我思う、ゆえに我あり」の口語訳として本歌取りの構えを見せ、赤ちゃんへの手遊びをぶつけている。手で隠されたものが「ばあ」と現れると、赤ちゃんは反射的に笑う。意識的に隠されて唐突に現れる、という過程を経なければ「顔」はこのような反応を受けなかった。不在が認識させた存在の不思議さが、慣用的表現の背後から迫ってくる。二首目は、激しい怒りを示す「五臓六腑が煮えくり返る」という語からお湯が沸くことを引き出し、「一風呂あびて」という慣用表現につなげている。こうすることによって、慣用的比喩表現として抽象化された語の元の意味が現実へ引き戻される。三首目の「むかれた蟹の脚」は、通常ならば口に入れる寸前の状態だが、歩くための脚として書かれている。そうすると、殻をむかれた柔らかくて赤い蟹の脚は、不安でひりひりした存在にかわる。

これらの歌からは、言葉によって顕在化する心象にゆさぶりをかけようとする意識が伝わる。「私《わたくし》」の視線や体験を基本とする伝統的な短歌とは、作品化する上での切り口が大きく異なる。

一方で、言葉の響きの面では、口語を五七五七七の定型に素直に添わせた、なめらかで心地よい韻律を得ている。

韻律についての実験は、「三」の章の日付のある作品群にて行われている。

十月八日
祖母の一周忌。スズメ、強風のため今朝は庭に姿を見せず。

十月十八日
ペリー公園で昼食。海沿いで育っていたらどうだったかな。

これらの作品は通常の短歌と同じく三一音節でできているが、五七五七七の韻律は刻んでおらず、文章のように句点がついている。これらは、望月さんが所属していた同人誌「町」2号での

「31音日記」という企画によるもの。二〇〇九年十月五日からの十四日分の一行日記を、同人五人が同時に「1日31音節を厳守する」「57577の韻律は意識しない」「その日あった『現実』を盛る」といったルールの下に書いた。短歌という定型詩を探る意味でもとても面白い企画である。この31音日記と普段の短歌を比較することで、各人の定型や韻律の感覚が見えてくる面もあると思う。望月さんは、自分の作品をピックアップし、その前の四日分をプラスして歌集に収めている。

望月さんの短歌は基本的に抽象度が高く、現実的な言動や心の機微が描かれることは少ないのだが、この31音日記には日常の細部が描かれている。一日の中の断片として、どれもおもしろく読んだ。引用した作品は、強風の中での祖母の一周忌と姿をみせないスズメの組み合わせ、ペリー公園と海で育つことへの夢想と、それぞれ詩的な響き合いがあり、どちらも韻律を整えていけば短歌になりそうな内容である。この日記群にだけ、望月裕二郎という生身の人間の人生が垣間見える。そのことが比較材料となり、その他の作品が徹底して人生と切り離され、一首あるいは連作での物語の形成を回避していることを際立たせる。

この歌集は三つの章に分かれているが、タイトルをつけて歌を並べる、いわゆる連作と呼ばれる括りは設けていない。最初からそうだったわけではなく、所属していた早稲田短歌会の雑誌等で発表されたときには連作として発表されていた。連作のタイトルをはずしてまとめた歌と未発表の新作を加え、意味の枠を持たない塊として歌を並べている。隣り合う歌は、ときに同じ時間の流れの中にあるが、起承転結や物語の起伏のような一貫した繋がりのある構成は行われず、コラージュのように、年齢性別などのプロフィールを伴わないさまざまな想念が現れては消えていく。

ドーナツをそれとして齧れば齧り始めた場所で齧り終わる
あかねさすわたしはやりたいことがないお金を払ってお寺を巡る
感想と具体例のない僕たちがコーラの蓋を閉めて眠る夜

これらの歌は、主体の動作は具体的に見える。だが動作だけがあって、それに附随する喜怒哀楽は見えない。ないのである、ということを象徴するために書かれているのだろう、という感想だけが残る。この独特な空虚さは初めて味わった。例えば何らかの挫折による絶望からくる空虚さを描いたものならば、鬱屈した感情がまとわりつき、それが歌の凄みにも嫌みにもなるのだが、望月さんの作品にはそれがない。性的なことや下ネタ的なことも題材になっているが、いずれも生々しくはない。玉川上水がかってにつかって流れている軽々としたからだのように、重みや匂いなどの現実的なリアリティーを受け取ることはないのである。といっても、何も考えていない空虚さでなく明確な批評意図がある。短歌が培ってきた肉体的なリアリティーに対する挑戦として言葉の裏をめくり、異空間に繋がる独自の世界を探りつづけているのだ。

これが短歌なのか？　と眉間に皺が寄る人もいれば、これが短歌なのか！　と膝を打つ人もいるだろう。いずれにしても現代短歌に風穴を空ける存在であるに違いない。

外堀をうめてわたしは内堀となってあそこに馬をあるかす

二〇一三年十一月三日

あとがき

「言葉はそれだけで存在する」ということを、私は馬鹿の一つ覚えのように本気で信じている。歌はできた瞬間に私を離れ、言葉として自ら思考し意味をなす。作者としての私は、その営みにまるで関係がないし、入り込む余地もない。

本歌集には、二〇〇六年から二〇一三年までの短歌二二一九首と31音日記十八日分を収めた。そのほとんどが作られてから少なからぬ時を経ており、見よかし顔で自らの存在を主張していた。彼らをなだめすかして紙上に整列させることが、怠惰な私にとってどれほどの苦行であったか。

その苦行に付き合わせた東直子さんには手を煩わせた。歌集出版の声をかけていただいたこと、私の遅々とした編集作業に気長に付き合い助言いただいたこと、その助言に背いたタイトルを認めてくださったことに深謝します。

タイトルは歌集の構成よりも先に私の中で決まっていた。言葉が「言外の意味」に縛られているということを批評的に提示するため、「あそこ」を選んだのだ。品がない、タイトルを見ただけで読むのをやめる人がいる、と方々から大反対をいただいたが、譲れなかった。後に後悔するかもしれないが、違うタイトルにしても必ず後悔していただろう。

私のくだらないわがままを許してくださった書肆侃侃房の田島安江さん、綿密な編集作業をしていただいた園田直樹さんに厚くお礼を申し上げます。

また、表紙写真は大学時代の友人でカメラマンの大貫史貴氏にお願いした。無茶な注文を快く引き受けてくれたことに感謝する。

多くの力を得て、私の歌は「あそこ」へ収まった。もうここにはないが、大丈夫。私から遠く離れても君たちならやって行ける。

二〇一三年十一月五日

望月裕二郎

■著者略歴
望月裕二郎（もちづき・ゆうじろう）
1986年東京生まれ。立教大学文学部卒業。
2007年から2010年まで早稲田短歌会、
2009年から2011年まで短歌同人誌「町」に参加。
Twitter：@mozuchiki
現住所：〒152 - 0004　東京都目黒区鷹番2-6-5　ひのき苑301

「新鋭短歌シリーズ」ホームページ　http://www.shintanka.com/shin-ei/

あそこ

二〇一三年十一月三十日　第一刷発行

著者　望月 裕二郎
発行者　田島 安江
発行所　書肆侃侃房（しょしかんかんぼう）
〒八一〇・〇〇四一
福岡市中央区大名二 - 八 - 十八 - 五〇一
（システムクリエート内）
TEL：〇九二 - 七三五 - 二八〇二
FAX：〇九二 - 七三五 - 二七九二
http://www.kankanbou.com　info@kankanbou.com

監修　東 直子
表紙写真　大貫 史貴
装丁・DTP　園田 直樹（システムクリエート・書肆侃侃房）
印刷・製本　瞬報社写真印刷株式会社

ISBN978-4-86385-133-7　C0092

新鋭短歌シリーズ ［第一期全12冊］

今、若い歌人たちは、どこにいるのだろう。どんな歌が詠まれているのだろう。今、実に多くの若者が現代短歌に集まっている。同人誌、学生短歌、さらにはTwitterまで短歌の場は、爆発的に広がっている。文学フリマのブースには、若者が溢れている。それればかりではない。伝統的な短歌結社も動き始めている。現代短歌は実におもしろい。表現の現在がここにある。「新鋭短歌シリーズ」は、今を詠う歌人のエッセンスを届ける。

10. 緑の祠　五島 諭

四六判／並製／144ページ　定価1785円（本体1700円＋税）

冷徹な青春歌

感傷や郷愁をふりほどき、今ここにある光を掬う。

東 直子

11. あそこ　望月裕二郎

四六判／並製／144ページ　定価1785円（本体1700円＋税）

とにかく驚いた。

肉体的なリアリティーに対する挑戦として言葉の裏をめくり、
異空間に繋がる独自の世界を探りつづける。

東 直子

12. やさしいぴあの　嶋田さくらこ

四六判／並製／144ページ　定価1785円（本体1700円＋税）

恋の歌は止まらない。

明るく無邪気な顔、ちょっぴり切ない顔。
表情豊かな歌たちが、恋する日々を語る。

加藤治郎